D0996241

Siani'r Shetland

Anwen Francis

Argraffiad cyntaf—2003

Ⓗy testun: Anwen Mair Francis 2003 ©
Ⓗy lluniau: Maggy Roberts 2003 ©

Mae Anwen Mair Francis wedi datgan ei hawl dan
Ddeddf Hawlfraint, Dyluniadau a Phatentau 1988
i gael ei chydnabod fel awdur y llyfr hwn.

ISBN 1 84323 254 5

I Mam a Spice,
A.M.F.

Dymuna'r cyhoeddwyr gydnabod cymorth
Adrannau Cyngor Llyfrau Cymru.

Pennod 1

"Pen-blwydd hapus i ti, pen-blwydd hapus i ti," canodd Rhys ar dop ei lais gan dynnu'r garthen oddi ar wely ei chwaer. Ond roedd Beca'n cysgu'n drwm yn ei gwely cynnes.

"Dihuna wnei di, dihuna!" gwaeddodd Rhys gan afael yn ei choes a'i thynnu at waelod y gwely. Roedd e wedi prynu anrheg arbennig i'w chwaer – llun hardd o geffyl mewn ffrâm bren. Gwyddai y byddai Beca wrth ei bodd â'r anrheg. Roedd hi'n dwlu ar geffylau – doedd dim byd yn well ganddi.

Dihunodd i sŵn bloeddio uchel ei brawd.

"O gad lonydd i fi, Rhys. Gad i fi gysgu plîs. Mae'n hanner tymor . . ." cwynodd Beca gan daflu gobennydd at Rhys.

"Beca – rwyt ti'n naw oed heddiw ac mae 'da fi anrheg i ti!" gwaeddodd Rhys yn ddiamynedd.

Yn sydyn, cododd Beca ar ei heistedd yn y gwely a gafael yn yr anrheg roedd Rhys yn ei chynnig iddi. "Odw, rydw i'n naw oed heddiw!" sylweddolodd yn llawn cyffro.

Neidiodd allan o'r gwely a rhedeg o'i hystafell gyda Rhys yn ei dilyn, i lawr y grisiau ac i'r gegin gynnes. Ar fwrdd y gegin roedd yno gacen werdd enfawr yn ei disgwyl, ac arni roedd llun o geffyl pinc a chloch fach arian o amgylch ei wddf. Roedd anrhegion oddi wrth Mam-gu a Tad-cu ac Wnwcl Ffred ac Anti Meri, ond dim ond un amlen fechan oedd oddi wrth ei mam a'i thad. Roedd hi wedi disgwyl cael ceffyl tegan bach brown, blewog i'w gwtsho yn y gwely gyda'r nos. Teimlai'n siomedig iawn. Roedd wedi dweud droeon wrth ei mam ei bod hi wedi ffansïo'r ceffyl bach. Nawr efallai y byddai'n rhaid iddi aros tan y Nadolig i gael un!

Agorodd ddrws y gegin. "Brr, mae'n oer

yn y stablau bore 'ma," meddai'i mam gan dynnu ei welis brwnt bant. Roedd Mrs Lewis wedi bod ar ei thraed ers chwech o'r gloch y bore yn helpu ei gŵr i odro'r gwartheg. Yna bu'n glanhau stablau'r ceffylau. Roedd ganddynt ddau geffyl hela, ond oherwydd clwy'r traed a'r genau, roedden nhw wedi bod yn segur am dymor. Roedd Mr Lewis wedi penderfynu eu dangos mewn sioeau lleol eleni yn hytrach na'u hela. Doedd ganddo mo'r amser i'w marchogaeth bob dydd ta beth, ac roedd Beca'n rhy ifanc o lawer i farchogaeth y ceffylau mawr. Doedd Rhys ddim yn dangos unrhyw ddiddordeb yn yr un o'r anifeiliaid fferm, heb sôn am geffylau. Pêl-droed oedd ei ddiléit ef.

"Pen-blwydd hapus, Beca fach," meddai'i mam gan roi cusan iddi ar ei thalcen. "Wyt ti wedi agor dy amlen oddi wrth dy dad a finnau eto?" gofynnodd.

Ond doedd dim awydd ar Beca i agor unrhyw amlen. Roedd hi wedi ffansïo cael y ceffyl blewog ers tro byd, a byddai

7

hwnnw byth yn gallu ffitio i mewn i amlen fechan. Gan fod Mam a Dad eisoes wedi dweud wrthi na fyddai'n cael anrheg ddrud am nad oedd pethau wedi bod yn rhy dda yn ariannol ar y fferm ers amser y clwy, roedd hi'n siŵr y byddai'n cael ei siomi.

"Beca, dere 'mlaen. Paid â bod mor ddiflas, mae'n ddiwrnod mawr i ti heddiw," dywedodd ei mam yn frwd.

"Ie, dere 'mlaen wnei di, dwyt ti ddim wedi agor fy anrheg innau chwaith," ychwanegodd Rhys gan gipio'r anrheg a'i chuddio y tu ôl i'w gefn.

"Dere â hwnna i fi," dywedodd Beca wrth i Rhys redeg o'i ffordd gan chwerthin.

"Dwed plîs 'te," ychwanegodd ei brawd.

"Plîs ga i dy anrheg di," meddai Beca'n siwgwraidd.

Cododd ei chalon pan welodd y llun hyfryd. "Bydd hwn yn edrych yn ffantastig ar wal fy stafell wely," meddai'n frwd "Diolch i ti!".

Yna dechreuodd agor yr amlen las yn araf bach. Roedd Rhys yn gyffro i gyd gan ei fod yn gwybod yn barod beth oedd ynddi.

Tynnodd Beca garden allan o'r amlen. Arni roedd llun o geffyl hardd. Darllenodd neges Dad a Mam yn uchel.

"Pen-blwydd hapus iawn i ti, Beca. Cer i 'molchi a gwisgo. Ry'n ni'n mynd i farchnad geffylau Llanybydder i nôl dy anrheg ben-blwydd. Rydyn ni am brynu ceffyl i ti. Cariad mawr, Mam a Dad, a naw sws arbennig."

Edrychodd Beca mewn syndod ar y garden, a'i cheg ar agor led y pen. Darllenodd y neges am yr eildro. Allai ddim credu'r hyn roedd hi'n ei ddarllen.

"O waw! Ydych chi'n wir yn mynd i brynu ceffyl i fi?" gofynnodd Beca, a gyda hynny daeth ei thad i'r gegin.

"Ydyn wir, Beca fach," meddai Dad, yn wên o glust i glust. Gafaelodd Beca'n dynn am ei ganol. Allai hi ddim aros i fynd i'r farchnad geffylau.

Pennod 2

Cyrhaeddodd Beca a'i mam farchnad geffylau Llanybydder am ddeg o'r gloch yn y lorri fawr goch. Roedd yna bobl o bob math ym mhob twll a chornel – pobl yn gwerthu cŵn bach bywiog, a stondinau lliwgar yn gwerthu llysiau a ffrwythau – ond doedd y rheiny ddim yn mynd â sylw Beca o gwbl. Dim ond y ceffylau oedd ar ei meddwl hi.

"Mae'n rhaid iti aros yn agos ata i yn y sièd fawr 'ma, Beca. Mae'r farchnad yn lle peryglus i oedolion, heb sôn am blant," esboniodd Mrs Lewis.

"Ocê, Mam," ochneidiodd Beca. "Fe fydda i'n ofalus, ond dere, cyn bod y ceffylau i gyd yn cael eu gwerthu."

Gallai Beca glywed sŵn gweryru'r ceffylau o bell. Roedd yno ddynion a ffermwyr yn siarad ymhlith ei gilydd, eraill yn tynnu ac yn gwthio ceffylau, ac un dyn yn gweiddi, "*Watch your backs . . . stallion coming through.*"

Yn sydyn, cydiodd Mrs Lewis yn llaw Beca a'i thynnu tuag ati. Dyna pryd y clywodd Beca sŵn carnau'r ceffyl yn carlamu. Eiliadau'n ddiweddarach gwelodd goben Gymreig ifanc yn gwibio tuag atynt. Roedd ei ffroenau'n agor a chau'n ffyrnig a'i llygaid yn dangos yr ofn a deimlai yng nghanol holl halibalŵ'r farchnad. Roedd hi'n edrych yn wyllt a'i chynffon yn uchel yn yr awyr. Cafodd Beca fraw a chuddio'i phen yng nghôt ei mam.

Ar ôl i'r gaseg ifanc fynd heibio, aeth Beca a'i mam ymlaen i'r sièd fawr. Roedd dros gant o geffylau yno – rhai'n fach, eraill yn anferthol, rhai'n disgwyl ebolion ac eraill yn dew. Ond roedd rhai yn ofnadwy o denau hefyd.

"O Mam, edrych, mae rhai ohonyn

nhw'n edrych mor ofnus. Maen nhw wedi dychryn. Trueni," dywedodd Beca'n drist.

"Mae'r marchnadoedd ceffylau 'ma'n gallu bod yn llefydd creulon iawn," meddai ei mam. "Dere, awn ni i weld a oes 'na geffyl addas i ti."

"Beth am honna?" dywedodd Beca gan bwyntio'i bys at gaseg lwyd oedd yn crynu mewn cornel. "Mae angen cartref da arni hi, on'd oes, Mam?"

"Nid honna yw'r un i ti, Beca. Bydd y ceffylau draw fanna'n cael eu gwerthu i farchnad gig y cyfandir, mae'n siŵr. Dere, awn ni am dro at y ceffylau bach – merlyn mynydd neu rywbeth tebyg i hynny fydd yn dy siwtio di," esboniodd ei mam. "Caseg neu gel dawel sydd ei angen arnat, i ti gael sbort a sbri ond, yn bwysicaf oll, i fod yn ffrind da i ti."

"O Mam, maen nhw i gyd mor annwyl," meddai Beca. Rhedodd draw at y glwyd i gyfarch y ceffylau bach twt. Yno, roedd saith ceffyl yn syllu arni. Roedd rhai'n wyllt, yn aflonydd ac yn gweryru'n uchel, eraill yn dawel ac yn sefyll yn stond fel petaen nhw mewn sioc.

Syllodd Beca'n ofalus ar bob un yn ei dro. Roedd hi'n ysu am fynd â phob un o'r cariadon blewog adref gyda hi i fferm Parc yr Ebol. Ond yn ei chalon, gwyddai mai dim ond un ohonynt y câi ddewis.

Grêt, meddyliodd Beca. O'r diwedd byddai ganddi geffyl ei hun i edrych ar ei ôl, i'w frwsio, i'w farchogaeth a'i faldodi i'r sêr.

"Licen i gael yr un brown 'na – hwnna fanna," dywedodd Beca gan bwyntio'i bys ato.

"O Beca, mae hwnna'n geffyl rhy fawr o lawer i ti, ceffyl gwedd a rhyw gymysgwch yw e. Dere, beth am y gaseg fach ddu sydd draw fanna?" dywedodd ei mam. "Merlen o ynysoedd y Shetlands ger yr Alban yw honna."

Doedd Beca ddim eisiau ceffyl du. Ceffyl brown yr oedd hi wedi'i ffansïo, fel yr un yn y siop deganau. Ond fe benderfynodd ddilyn ei mam i'w gweld.

Yno, yn sefyll yn hamddenol ond yn gadarn ar ei choesau bach blewog, roedd Shetland ddu. Roedd ei chynffon yn ymestyn hyd at y llawr a'i mwng wedi tyfu ymhell dros ei llygaid. Bron na allai weld o'i blaen.

"Helô," meddai perchennog y gaseg. "Y'ch chi'n chwilio am geffyl bach? Ewch i mewn ati i'w chyffwrdd, mae'n ddigon tawel ac yn hen gyfarwydd â chael plant o'i hamgylch," dywedodd y ffarmwr gan dynnu brwsh o'i boced a thacluso mwng y gaseg fach.

Aeth Beca yn ei blaen i agor y glwyd, a chamodd yn dawel iawn i mewn ati. Aeth draw at y Shetland, ac yn araf bach cododd ei llaw i'w chyffwrdd. Rhwbiodd wddf y gaseg yn ôl ac ymlaen, ac O, roedd y Shetland yn mwynhau'r sylw annisgwyl.

"Beth yw ei hoedran hi?" gofynnodd mam Beca i'r ffarmwr.

"Saith oed – ac mae hi'n gaseg fach gall iawn, yn gyfarwydd â sŵn tractor ar y fferm. Mae'n fodlon iawn teithio mewn lorri ond iddi gael digon i'w fwyta," chwarddodd y ffarmwr.

"Ti'n gwybod beth, Mam, hon yw'r un i fi," dywedodd Beca gan afael yn dynn am wddf y gaseg ddu, a honno'n gostwng ei phen yn addfwyn i dderbyn y maldod.

"Beth yw ei henw?" gofynnodd Beca i'r perchennog.

"Wel, mae hi wedi'i chofrestru gyda Chymdeithas y Shetlands yn yr Alban dan yr enw *Morag Black Magic!*" atebodd. "Ond does ganddi ddim enw Cymraeg . . . Wel, Shetland Fach y'n ni'n ei galw hi. Does neb gartre'n cymryd fawr o ddiddordeb ynddi erbyn hyn a dweud y gwir. Maen nhw'n rhy brysur gyda'u gwaith ysgol i boeni amdani rhagor. Dyna pam dwi'n ei gwerthu hi, chi'n gweld."

Meddyliodd Beca yn galed am enw i'r Shetland. Daeth sawl syniad i'w phen – Black Beauty, Seren, Cêt, Cari a Sami. Serch hynny, nid oedd un o'r enwau'n addas iawn. Tra oedd Beca'n meddwl yn ddwys, gafaelodd y gaseg ddu yn ei sgarff

â'i dannedd a'i thynnu i'r llawr yn ddireidus.

"W, caseg ddrwg wyt ti," chwarddodd Beca, gan wthio'i dwylo i ganol côt drwchus y gaseg. "Siani flewog fach wyt ti. Ie! Dwi'n gwybod beth i dy alw di nawr – Siani, Siani'r Shetland," dywedodd Beca. Gweryrodd y gaseg fel petai'n deall ac yn cytuno.

"Wel, rwyt ti'n swnio'n hyderus dy fod

wedi dod o hyd i'r gaseg iawn, Beca," meddai Mrs Lewis. Trodd at ei pherchennog a'i holi, "ydy hi'n dawel i'w marchogaeth?"

"Diawch ydy, cant y cant mewn traffig trwm – mae'n berffaith. Pan oedd hi'n eboles fach fe wnaethon ni fynd â hi i'r sioe amaethyddol leol, a daeth oddi yno gyda gwobr y Shetland orau dan flwydd oed. Fel y dwedes i, mae ganddi bapurau, sy'n angenrheidiol os ydych chi'n bwriadu ei dangos hi neu fagu oddi wrthi. Ac mae ei thad wedi ennill yn y Sioe Frenhinol wyddoch chi," atebodd y ffarmwr yn falch.

"Pa bris yw hi 'te?" gofynnodd Mrs Lewis. Croesai'i bysedd na fyddai'r gaseg yn rhy ddrud.

"Wel, gan fod eich merch chi fan hyn yn dwlu arni a'ch bod yn edrych fel teulu braf a chyfrifol, gewch chi hi am dri chant a hanner o bunnau," cynigiodd y ffarmwr.

"Iawn, mi wnaf ei phrynu i ti fel anrheg ben-blwydd, ond ar un amod, Miss Beca Lewis, sef dy fod yn gofalu'n dda amdani," dywedodd ei mam gan ysgwyd llaw y ffarmwr.

"Gwnaf, yn bendant," meddai Beca'n frwd gan gofleidio a chusanu'i mam yn swnllyd. "O diolch, Mam. Diolch, diolch!"

"Dwi'n falch iawn ei bod hi'n mynd i gartref da. 'Sdim dal y dyddiau yma pwy yw pwy. Gallaf gysgu'n dawel heno," esboniodd y ffarmwr gan roi penwast a chôt las i Beca ar gyfer y ferlen. "Mae'r rhain yn y pris," meddai. "Ddo i gyda chi i helpu i'w pharatoi hi ar gyfer y daith."

Gosododd Beca'r penwast am ben Siani a'r gôt las am ei chorff er mwyn ei chadw'n gynnes yn y lorri. Edrychai'n hardd iawn. Arweiniodd Mrs Lewis y gaseg allan o'r sièd, heibio i'r ceffylau eraill yn ofalus iawn, a draw at y lorri fawr goch yn y maes parcio.

Dechreuodd Mrs Lewis arwain y ferlen i fyny ramp y lorri. Ond roedd Siani braidd yn ansicr a gwrthododd fynd gam ymhellach. Yn wir, cymerodd sawl cam yn ôl nes i Beca lwyddo i'w pherswadio i fynd yn ei blaen.

'Dere 'mlaen, Siani fach. Mae popeth yn iawn. Ti'n dod adref gyda fi nawr," esboniodd Beca gan anwesu gwddf y gaseg ofnus a'i thawelu.

Yna, gydag un naid fawr, aeth Siani i fyny'r ramp ac i mewn i'r lorri. Edrychodd o'i chwmpas gyda'i llygaid mawr. Cymerodd lymaid o ddŵr oer o'r bwced a dechreuodd fwyta'r gwair o'r rhwyd oedd yn hongian uwch ei phen.

Clymodd Mrs Lewis y gaseg yn ddiogel cyn cerdded yn ôl at Beca a'r ffarmwr ar waelod y ramp. Rhoddodd yr arian iddo.

"Diolch yn fawr iawn i chi," meddai. "Dwi'n siŵr y bydd Beca'n cael hwyl a sbri ar ei chefn ac yn ei chwmni." Winciodd ar Beca ac estyn papur pumpunt iddi o'r bwndel. "Pumpunt am lwc," dywedodd cyn troi ar ei sawdl a cherdded yn ôl at y ceffylau eraill a oedd ganddo i'w gwerthu.

"Reit 'te, pawb yn hapus? Bant â ni am

adre," dywedodd Mrs Lewis gan gychwyn injan y lorri fawr.

Wel, dyna ddechrau ffantastig i ddiwrnod fy mhen-blwydd! meddyliodd Beca, wrth edrych yn ôl i gyfeiriad y farchnad.

Pennod 3

Fe gyrhaeddon nhw fferm Parc yr Ebol toc wedi amser cinio.

Roedd Rhys eisoes wedi clywed y lorri yn dod i lawr y lôn garegog, a rhedodd ar draws y clos i'w cyfarch gyda gwn plastig yn un llaw. "Bang, bang, bang, bang!" bloeddiodd gan anelu'r gwn at y lorri. Doedd e ddim yn hoff iawn o geffylau, a theimlai'n genfigennus fod Beca'n cael gymaint o sylw.

Agorodd Mrs Lewis ddrws y lorri. "Wel, wyt ti wedi bod yn helpu dy dad tra oedden ni bant?" gofynnodd Mrs Lewis, gan amau na fyddai Rhys wedi bod yn agos at sièd y gwartheg.

"Do," meddai a golwg euog arno, "wel, tamaid bach," sibrydodd yn dawel.

Roedd Rhys yn gorfod helpu weithiau, ond roedd yn well ganddo chwarae pêl-droed neu fynd ar antur o amgylch y fferm yn chwarae sowldiwrs. Weithiau fe fyddai meibion y ffermydd cyfagos yn dod ato i chwarae ar ôl ysgol.

Roedd Beca'n gwybod y byddai'n rhaid i'w mam fynd yn ôl i weithio'n fuan iawn ac roedd hi am wneud yn siŵr y byddai hi'n ei helpu gyda Siani cyn diflannu.

Rhedodd at gefn y lorri. "Dere 'mlaen, Mam, mae Siani eisiau dod mas i weld ei chartre newydd," bloeddiodd Beca'n ddiamynedd, gan geisio gafael yn y rhaff i dynnu'r ramp i lawr. Ond roedd hi'n rhy fyr o lawer a'r ramp yn rhy drwm iddi allu gwneud hynny ei hunan.

"O, ocê 'te," ochneidiodd ei mam, a cherddodd at gefn y lorri gyda Rhys yn ei dilyn a'i gynffon rhwng ei goesau fel ci drwg.

"Paid ti â gwneud synau twp gyda'r gwn 'na," rhybuddiodd Beca ei brawd. "Mae Siani fach yn sensitif."

Agorodd Mrs Lewis y ramp ôl, ac yn sefyll yno'n syllu arnyn nhw roedd y ferlen fach ddu. Roedd y rhwyd wair bron yn wag, ond doedd hynny ddim yn syndod o gwbl i Mrs Lewis. Roedd hi'n gwybod, er fod y gaseg yn fach, bod Shetlands yn ofnadwy am fwyta a bwyta drwy'r dydd.

"Hy! Beth yw hwnna?" gofynnodd Rhys gan chwerthin a phwyntio'r gwn ati.

"Shetland yw honna," atebodd Beca'n swrth. "A rho'r gwn 'na i gadw."

"O – mae'n edrych fel tase hi wedi bod drwy'r drain. Edrych ar ei mwng hi, dyw hi ddim yn gallu gweld dim byd," chwarddodd Rhys. "Ac eniwê, pa fath o enw yw Siani? Siani Siani Flewog!" chwarddodd yn uwch ac yn uwch gan afael yn ei fola.

"Hisht," dywedodd Mrs Lewis yn fyr ei hamynedd. "Caseg fach yw hi, o'r Alban yn wreiddiol. Mae mwng a chynffon drwchus i fod gan Shetlands i'w cadw'n gynnes ar ynysoedd oer y Shetlands. Maen nhw'n cael tywydd gwael iawn yno yn ystod y gaeaf. Dere, Beca, arwain di hi i'r stabl."

Aeth Beca i fyny ramp y lorri at ei chaseg i siarad â hi. Roedd Siani wedi cael braw ac wedi bod yn chwysu yn ystod y daith.

"Paid ti â phoeni dim, bach," sibrydodd Beca yng nghlust y gaseg gan esmwytho'i phen blewog. "Bydd pob dim yn iawn. Dere, mae 'na stabl gynnes yn dy ddisgwyl di. Yn fanna fyddi di'n aros heno i ti gael dod yn gyfarwydd gyda dy gartref newydd," esboniodd Beca wrthi. Gafaelodd yn y rhaff a'i datod o ochr y lorri, ac yn araf bach cerddodd y ddwy i lawr y ramp ac i gyfeiriad y stabl.

Gweryrodd Siani'n uchel, ac fe gafodd ateb gan geffyl arall mewn cae cyfagos. Roedd hi'n amlwg wedi'i phlesio.

"Wel, 'na beth yw caseg fach bert," galwodd Dad a oedd wedi'u clywed yn cyrraedd adref. "Mae hi mor ddu a'r frân," ychwanegodd.

"O Dad, mae hi'n berffaith, on'd yw hi? Mae hi mor annwyl – Siani yw'r orau yn y byd i gyd," dywedodd Beca gan roi ei braich o amgylch gwddf trwchus y ferlen.

"O, Siani yw ei henw, ife? Mae'n ei siwtio hi i'r dim," meddai Mr Lewis. "Dere i fi gael dy weld di'n well, Siani."

Ond roedd gan Siani syniadau eraill. Syllodd ar y borfa las o'i hamgylch. Doedd hi ddim wedi gweld porfa mor hir â hynny ers amser ac fe fu'n tynnu, a thynnu, a thynnu nes i Beca orfod gollwng y rhaff yn rhydd. Carlamodd y gaseg ar draws y clos gan roi ambell gic fach ddireidus yma a thraw, ac aeth yn syth at y borfa i'w bwyta.

Chwarddodd pawb yn uchel, a throdd Siani yn ei hunfan i'w hwynebu a llond ei cheg o borfa flasus.

"Bydd yn rhaid iti fod yn fwy llym wrthi, Beca, neu fe fydd y gaseg fach yn credu mai hi yw'r bòs. Gwna di'n siŵr mai ti yw'r bòs, neu ei di ddim yn bell iawn gyda hi," esboniodd ei mam gan roi winc fach arni. "Ac os wyt ti eisiau ei dangos mewn sioeau, bydd rhaid iddi fihafio'n berffaith."

Aeth Beca draw at y gaseg, ond doedd Siani ddim eisiau iddi ddod yn agos ati. Roedd hi wedi cael blas ar fwyd ffres, ac wrth i Beca symud ei llaw at ei phenwast, neidiodd Siani i'r awyr a charlamu bant at y sièd wair.

"Am gaseg ddrwg wyt ti, Siani!" bloeddiodd Beca gan blethu'i breichiau. Ochneidiodd Beca'n uchel a cherdded i gyfeiriad y sièd wair. Ond roedd Siani eisoes wedi clywed Beca'n cerdded y tu ôl iddi. Edrychodd yn syn ar y ferch, ac wrth iddi agosáu carlamodd Siani heibio i Beca ac yn ôl at y borfa las. Ochneidiodd Beca yn uwch y tro yma. "Mam," galwodd. "Help, dwi ddim yn gallu ei dal!"

Aeth Mr Lewis draw at y storfa fwyd i nôl bwcedaid o gnau ceffylau. Ysgydwodd y bwced yn galed a chododd Siani'i phen. Roedd bwyd bob amser yn temtio ceffylau, yn enwedig Shetlands! Trodd i gyfeiriad Mr Lewis. Cerddodd yntau at y stabl gan ysgwyd y bwced yn gyson. Clywodd Siani'r bwyd yn ratlo a cherddodd ychydig gamau i gyfeiriad y stabl.

Yna safodd Siani yn ei hunfan. Syllodd i'r chwith i gyfeiriad y borfa a syllodd i'r dde i gyfeiriad y bwced. Snwffiodd y llawr a rhwtiodd ei choes yn araf bach gyda'i dannedd. Crwydrodd yn hamddenol draw at y lorri gan anwybyddu Mr Lewis a'r bwced. Aeth draw at y glwyd, ond O, roedd y cnau'n arogli'n dda! Edrychodd i weld ble roedd Beca.

"Dere, Siani, dere i gael dy fwyd. Dere 'mlaen, gaseg dda," galwodd Mr Lewis yn garedig gan siglo'r bwced.

Roedd y demtasiwn yn ormod, ac yn araf bach cerddodd Siani heibio i Mrs Lewis a Rhys a draw at y stabl. Rhoddodd un goes flaen drwy'r drws, yna'r goes flaen arall, ac yna neidiodd i fyny'r stepen ac i mewn i'r stabl gynnes.

"Caseg dda, caseg dda," meddai Mr Lewis yn garedig a rhoi'r bwced o'i blaen. Tynnodd y penwast oddi ar ei phen a gadawodd i'r gaseg fwyta mewn llonydd. Caeodd ddrws y stabl yn gadarn a'i folltio, ac aeth y pedwar i'r tŷ am ginio. Roedd wedi bod yn fore cyffrous iawn.

Pennod 4

Doedd dim awydd llawer o fwyd ar Beca. Roedd hi wedi ei chyffroi gymaint bod ganddi geffyl newydd, fel na allai hi ddim meddwl am unrhyw beth arall!

Dychmygodd farchogaeth y gaseg mewn sioe leol ac ennill ei dosbarth. O, roedd hi wedi bod yn freuddwyd ganddi ers blynyddoedd i ennill cystadleuaeth a chael ruban coch a tharian am eu hymdrechion. Roedd hi'n cofio mynd o sioe i sioe gyda'r teulu pan oedd ei thad yn arddangos ceffylau rai blynyddoedd yn ôl, ac ers hynny roedd hi wedi bod yn ysu am gael ennill ei gwobr ei hun.

"Beca, bwyta dy fwyd. Mae'n oer ar y

clos 'na heddiw," meddai Mrs Lewis gan arllwys rhagor o de i'w mẁg.

"Plîs, Mam, dwi ddim eisiau rhagor o fwyd, mae'n stumog i'n dost ac mae'n rhaid i fi weld a ydy Siani'n iawn," dywedodd Beca.

"Wel, gan ei bod hi'n ben-blwydd arnat ti, fe wna i gadw'r bwyd yma i ti a'i ail-dwymo erbyn amser te. Bydd yn ofalus yn y stabl," rhybuddiodd Mrs Lewis.

Cododd Beca oddi wrth y bwrdd. Gwisgodd gôt gynnes a sgarff, a brysio draw at y stabl. Roedd Siani wedi hen orffen y cnau ac wedi penderfynu cicio'r bwced gwag o amgylch y stabl.

"Helô, Siani," galwodd Beca dros yr hanner drws. Edrychodd Siani'n syn arni.

"O rwyt ti'n biwtiffwl, Siani," dywedodd ac aeth i nôl bocs trin ceffylau ei thad o'r stordy. Roedd y bocs yn orlawn o shampŵs i geffylau, brwshys ar gyfer pob darn o'r corff, sbynjiau ar gyfer y llygaid, y trwyn, a'r pen-ôl, a bachyn arbennig i lanhau'r mwd a cherrig o garnau ceffyl.

Wedi tynnu'r gôt las oddi ar gorff y gaseg, dechreuodd Beca ei brwsio – y brwsh meddal ar gyfer yr wyneb, y mwng a'r gynffon, a brwsh caled ar gyfer y corff a'r coesau. Roedd Siani'n hoff iawn o'r holl sylw. Bu Beca'n ei brwsio am hanner awr ac yn siarad â'r gaseg fel petai hi'n hen ffrind, ac erbyn hyn roedd gan y gaseg gôt oedd yn sgleinio fel darn hanner can ceiniog newydd sbon.

"Wel, Beca, mae Siani'n lân iawn ac yn sgleinio. Da iawn ti, rwyt ti wedi bod yn gweithio'n galed," canmolodd Mrs Lewis wrth syllu dros ddrws y stabl. "Dere i nôl dy de. Mae dy fola di'n wag mae'n siŵr."

Gan roi sws enfawr ar dalcen y gaseg, aeth Beca yn ei blaen i'r tŷ. Aeth Mrs Lewis i mewn i'r stabl at Siani a thacluso ei gwely gwellt. Golchodd ei bwced dŵr yn lân, ac yna ei ail-lenwi â dŵr ffres. Gosododd ragor o wair yn ei rhwyd hefyd. Yna tynnodd chwistrell allan o'i phoced a gwasgu'r cynnwys i mewn i geg Siani. Ysgydwodd y ferlen ei phen. Roedd blas cas iawn ar y moddion.

"Dere di, Siani fach, fe gaiff hwn wared ar yr holl fwydon o dy stumog," esboniodd Mrs Lewis wrthi gan esmwytho o dan ei cheg i wneud yn siŵr bod Siani yn llyncu'r holl bast. Byddai angen rhoi'r past iddi unwaith bob chwe wythnos am weddill ei hoes. Yna rhoddodd foronen fawr iddi i gael gwared ar y blas cas.

Treuliodd Siani'r noson yn y stabl.

Roedd hi wedi blino'n lân, ac roedd yr holl gyffro wedi bod yn ormod iddi. Cysgodd yn braf ar y gwellt trwchus, yn hapus ei byd gyda'i theulu newydd.

Pennod 5

Dihunodd Beca'n gynnar iawn fore trannoeth a gorweddodd yn ei gwely yn hapus gan feddwl am Siani fach yn y stabl. Roedd ei hystafell wedi'i gorchuddio â phosteri ceffylau o bob math – un o'r marchog enwog David Broome y tu ôl i'r drws, llun o geffylau'i thad mewn ffrâm wrth un ochr y gwely, a phentwr o gylchgronau am geffylau ar yr ochr arall. Roedd hi eisoes wedi'u darllen, ond rhaid cadw pob un rhag ofn y byddai eisiau eu darllen eto. Doedd neb wedi gweld papur wal ei hystafell wely ers sawl blwyddyn.

"Beca!" gwaeddodd Mrs Lewis o waelod y grisiau. "Dere lawr i gael dy frecwast. Mae Siani'n gweryru am ei brecwast hithau hefyd."

Carlamodd Beca i lawr y grisiau yn ei phyjamas. Yfodd ei sudd oren oer yn gyflym, rhuthrodd i wisgo'i welis, a chyn i Mrs Lewis sylweddoli, roedd Beca ar ei ffordd i'r stabl. Rhedodd ar ôl ei merch.

"Mae'n bryd i ni roi Siani yn y cae nawr gyda gweddill y ceffylau. Gosoda'r penwast amdani ac fe af i â hi i'r cae rhag ofn y cawn ni drafferth gyda'r ceffylau hela 'na. Chei di ddim mynd i'r cae yn dy jim-jams ta beth, Beca fach!"

"Aros i fi 'te, Mam. Fydda i ddim yn hir yn newid," meddai, a rhedodd i'r tŷ.

Arweiniodd Mrs Lewis y gaseg draw at y glwyd. Roedd Siani'n llawn cyffro wrth weld y cae anferth, y ceffylau mawr a'r llwythi o borfa. Agorodd Beca'r glwyd yn ofalus ac aeth Mrs Lewis â'r gaseg i'r cae. Roedd y ceffylau hela wedi cyffroi wrth weld Siani a dechreuon nhw garlamu tuag at y glwyd. Gollyngodd Mrs Lewis Siani'n rhydd, a dyma'r gaseg fach yn carlamu nerth ei thraed heibio'r ceffylau hela ac i fan pella'r cae. Arhosodd Siani yn ei hunfan a syllu mewn braw ar y ceffylau hela wrth iddyn nhw agosáu. Dechreuodd Beca boeni a gafaelodd yn llaw ei mam.

"Paid â phoeni, fel 'na mae ceffylau wrth iddyn nhw gyfarfod â'i gilydd am y tro cyntaf. Dere, y peth gorau i ni ei wneud yw eu gadael yn llonydd. A' i i edrych arnyn nhw ar ôl cael coffi," esboniodd Mrs Lewis.

Crynodd Siani wrth weld y ceffyl mwya'n agosáu. Gydag un gweryrad uchel, carlamodd Siani o amgylch y cae gyda'r ddau geffyl hela yn ei dilyn.

Carlamodd y tair caseg rownd a rownd y cae a'u cynffonnau fry yn yr awyr. Roeddent wedi'u cynhyrfu'n arw – eu ffroenau'n llydan agored a mwng pob un yn chwifio yn y gwynt a chwythai o gyfeiriad y môr. Roedd Siani wedi blino, ac ni allai garlamu lawer ymhellach. Arafodd, ac yna trotio at y glwyd. Roedd y chwys oedd dros ei chorff yn sgleinio yn yr

haul. Aeth y ddwy gaseg draw ati. Doedd
Siani ddim yn rhy siŵr o'r cesig mawr i
ddechrau, ond wedi sawl gweryrad a chodi
coes, tawelodd. Roedd y cesig am fod yn
ffrindiau â Siani. Symudodd y tair oddi
wrth y glwyd i fwyta'r borfa, ac yn sydyn
roedd pob dim yn hamddenol yn y cae
unwaith eto.

Doedd Siani erioed wedi bod mewn cae
mor fawr â hwn o'r blaen. Roedd y cae lle
roedd hi'n arfer byw yn fach iawn, a doedd

fawr o borfa ynddo. Ond roedd y cae yma'n wahanol iawn. Am funud, edrychai'r gaseg fach ar goll yn y borfa hir, yna cofiodd am y badell ddŵr a welodd pan oedd yn carlamu o amgylch y cae. Roedd hi hefyd wedi sylwi ar y meillion blasus a dyfai ym mhen draw'r cae, a gwyddai mai yn y fan honno y byddai'n treulio'i hamser yn pori. Yn gyntaf, trotiodd draw at gysgod y clawdd trwchus, a mwynhau'r awel fwyn yn siffrwd trwy ei mwng. Syllodd drwy

dwll yn y clawdd a gwelodd draeth agored a'r môr o'i blaen. Roedd y fferm wedi'i lleoli ger y môr! Hyfryd! Roedd Siani'n dwlu ar y dŵr a'r tywod. Roedd hi'n arfer carlamu ar draeth flynyddoedd yn ôl gyda'i pherchennog cyntaf . . . Ac yn awr roedd hi mewn paradwys arall.

Pennod 6

Treuliodd Siani ddeuddydd yn ymlacio ac yn pori yn y cae. Byddai Beca'n dod at y glwyd bob bore i'w gweld ac fe fyddai bob amser yn dod â moronen fawr neu afal coch iddi o'r berllan y tu ôl i'r ffermdy.

Roedd gwyliau'r hanner tymor wedi gwibio heibio yn rhy gyflym o lawer, a chyn bo hir roedd hi'n bryd i Beca a Rhys fynd 'nôl i'r ysgol.

"Mam, oes rhaid i fi fynd?" cwynodd Beca. "Alla i fyth adael Siani yma ar ei phen ei hunan."

Ar yr un llaw roedd Beca'n ysu am gael dweud wrth ei ffrindiau bod ganddi geffyl newydd, ond ar y llaw arall doedd hi ddim eisiau'i gadael hi ar ei phen ei hunan chwaith.

"Mae'n rhaid iti fynd i'r ysgol, 'sdim dewis 'da ti. Mae'n rhaid iti gael addysg dda er mwyn cael swydd fydd yn talu digon i gadw'r gaseg 'ma pan fyddi di'n hŷn," esboniodd Mrs Lewis gan gychwyn y car.

"Ta ta, Siani," bloeddiodd Beca drwy ffenest agored y car wrth iddyn nhw fynd i'r ysgol. Cododd Siani ei phen am eiliad, ond roedd y borfa'n rhy flasus o lawer ac aeth yn syth yn ôl i'w bwyta.

Treuliodd Siani'r diwrnod yn bwyta ac yn cysgu yn yr haul. Rholiodd droeon yn y tywod ym mhen draw'r cae er mwyn ceisio gwaredu ei chôt aeaf. Dyna beth oedd sbort a sbri! Roedd hi'n ffrindiau da gyda'r ddwy gaseg arall erbyn hyn ac roedd popeth yn berffaith.

Tarodd yr hen gloc tad-cu yn y cyntedd bedwar o'r gloch. Clywodd Siani sŵn injan ym mhen pella'r lôn. Gwthiodd ei phen rhwng barrau'r glwyd i gael gwell golwg o'r hyn oedd yn creu'r sŵn. Roedd yna fws melyn wedi stopio, ac roedd dau blentyn yn disgyn oddi arno. Dechreuodd y ddau blentyn redeg i gyfeiriad y fferm – Beca oedd un a Rhys oedd y llall. Roedd yr ysgol wedi gorffen am y dydd ac roedd Beca ar bigau'r drain eisiau gweld Siani fach.

"Siani, Siani . . . Siaaaaaaaaaani!" bloeddiodd Beca wrth redeg at y glwyd gyda'i bag ysgol yn sboncio'n ôl a 'mlaen ar ei chefn.

"O Siani, dwi wedi gweld dy eisiau di'n ofnadwy heddiw. Bues i'n sôn amdanat wrth bawb ac mae Elan, Rachel a Claire bron â marw eisiau dod i dy weld di," meddai Beca wrthi gan anwesu'i mwng trwchus.

Aeth Beca draw i'r stabl i nôl penwast Siani a phenderfynodd y byddai'n mynd â hi am dro cyn swper. Roedd Rhys eisoes wedi mynd i'r tŷ i chwarae *Playstation 2*, ac roedd ei mam a'i thad yn brysur yn casglu'r gwartheg ar gyfer eu godro. Doedd dim ots na fyddai ei mam yno i'w helpu, meddyliodd Beca, ac aeth i'r cae i nôl y gaseg.

Llwyddodd Beca i ddal Siani yn hawdd iawn. Roedd y ddwy gaseg arall yn rhy brysur yn bwyta i sylwi. Arferai Beca newid ei dillad cyn gwneud unrhyw fath o waith ar y fferm, ond gan ei bod hi mor gyffrous ynglŷn â gweld Siani, anghofiodd y cyfan am newid. Ta beth, dim ond mynd â'r gaseg am dro oedd ei bwriad. Wedi brwsio'i chôt yn lân, arweiniodd Beca'r ferlen fach o'r stabl ac i gyfeiriad y lôn oedd yn arwain at yr heol fawr. Gan fod Beca'n cofio i gyn-berchennog Siani ddweud nad oedd y ferlen yn cynhyrfu mewn traffig, doedd hi'n poeni dim am fynd â hi ar hyd y heolydd.

Cerddodd y ddwy'n hamddenol i lawr y lôn. Doedd Beca ddim wedi bwriadu mynd yn rhy bell, ond gan ei bod hi mor braf meddyliodd y byddai Siani'n hoffi gweld y môr. Er mwyn arbed amser penderfynodd dorri drwy glos fferm Mrs Hwmffra drws nesa. Roedd hi'n amser godro ac fe fyddai pawb wrth ei gwaith; go brin y byddai unrhyw un yn sylwi arnyn nhw. Roedd golygfeydd godidog i'w gweld o glos y fferm. Gallai Beca weld ynys Aberteifi a thraeth y Poppit yn y pellter, a hyd yn oed y cychod yn arnofio fel dau gorcyn ar y dŵr. Roedd gan Mrs Hwmffra asyn o'r enw Aneurin, a gobeithiai Beca y byddai Siani ac yntau'n ffrindiau mawr.

Yn sydyn, daeth y sŵn mwyaf brawychus o gyfeiriad y sièd fawr. Roedd Beca bron â neidio allan o'i chroen! Ond roedd Siani wedi cael mwy o fraw na hi. Crynodd y gaseg ac roedd ei llygaid yn rholio yn ei phen. Anadlodd Siani'n ddwfn a dechreuodd gamu am yn ôl, ac yn ôl . . . nes ei bod yn sefyll ar ei choesau ôl fel na allai Beca ei dal rhagor. Tynnodd Siani'r awenau o ddwylo Beca. Clywsant fang enfawr arall yna aeth pob dim yn ddistaw. Ond roedd Siani wedi cael ei dychryn yn ofnadwy. Fe garlamodd nerth ei charnau allan o'r clos. Gwelodd Beca ei chynffon ddu yn diflannu rownd y gornel a rhedodd ar ei hôl.

"Siani, Siani . . . dere'n ôl, Siani!" gwaeddodd Beca.

Ond doedd Siani ddim am wrando. Dianc rhag y sŵn oedd yr unig beth ar ei meddwl. Dyna fyddai pob ceffyl yn ei wneud yn reddfol – ffoi rhag y perygl. Yna, heb unrhyw rybudd o gwbl, ail-ddechreuodd y sŵn cras ac agorodd drysau'r sièd fawr. Yno, yn trwsio'u car rali, roedd Harri ac Ifan, meibion y fferm. Roedd y ddau'n rhy brysur yn canol-bwyntio ar yr injan i sylwi fod Beca druan yn rhedeg nerth ei thraed ar ôl ei chaseg newydd!

O'r diwedd, daeth Beca o hyd i Siani yng nghanol gardd lysiau Mrs Hwmffra. Roedd hi'n enwog am dyfu llysiau a ffrwythau o'r safon gorau ac fe fyddai bob amser yn ennill gwobrau mewn sioeau lleol a chenedlaethol. Roedd Beca mewn penbleth. Roedd yn rhaid iddi gael Siani allan o'r ardd neu fe fyddai Mrs Hwmffra'n mynd o'i cho! Doedd Beca ddim yn hoff iawn o Mrs Hwmffra a'i gŵr – hen gwpwl digon rhyfedd oedden nhw. Byddai ei mam a'i thad yn aml iawn yn cyfeirio atyn nhw fel 'y pâr diflas drws nesa'. Doedd ganddyn nhw byth wên ar eu hwynebau, hyd yn oed pan fydden nhw'n cael eu llun yn y papur am ennill cystadleuaeth.

Roedd golwg fodlon iawn ar Siani yng nghanol y tyfiant moethus. Gwyliodd Beca'r ferlen yn symud oddi wrth y moron at y goeden afalau ac, yn bwyllog, gan syllu y tu ôl iddi i weld ble roedd Beca, dyma hi'n bwyta afal coch oddi ar y goeden, yna un arall, ac un arall. Roedd Beca'n poeni'n arw nawr ac aeth draw at Siani a cheisio gafael yn y rhaff. Ond roedd Siani eisoes wedi'i chlywed, a throtiodd i ran arall o'r ardd.

Roedd Mrs Hwmffra wedi tynnu nifer o'r moron yn barod ar gyfer swper y noson honno, ac wedi'u gadael mewn bwced

plastig ger y glwyd. I mewn i'r bwced aeth pen Siani, gan dynnu moronen enfawr allan, y foronen fwya i Beca ei gweld erioed. Carlamodd Siani allan o'r ardd, heibio i Mrs Hwmffra oedd yn cael sterics ar drothwy drws y gegin, ac i lawr y lôn i gyfeiriad yr heol fawr!

"Beca Lewis . . . beth ar y ddaear mae'r hen beth blewog 'na wedi'i wneud i 'ngardd i?" bloeddiodd Mrs Hwmffra a'i breichiau'n chwifio'n afreolus. "Aros di nes 'mod i'n ffonio dy fam!"

Pennod 7

Carlamodd Siani ar hyd yr heol fawr gan wibio at gar cymydog arall i Beca, Miss Tomos. Bu'n rhaid i honno frecio'n ffyrnig er mwyn osgoi taro'r ferlen. Roedd Siani'n dal i garlamu a'r foronen yn dynn rhwng ei dannedd. Cododd calon Beca pan welodd y ferlen fach ddrwg yn troi i mewn i'r lôn yn arwain at fferm Parc yr Ebol. Wedi i Siani gyrraedd adref daeth o hyd i le clyd allan o olwg pawb y tu ôl i'r domen. Y man perffaith i fwynhau bwyta'r foronen fawr.

Yn fuan wedyn, cyrhaeddodd fan fechan las y fferm, ac ynddi roedd Mrs Hwmffra a Beca. Doedd Beca ddim yn edrych yn hapus o gwbl, ac roedd wyneb Mrs

Hwmffra'n bictiwr! Roedd ei gwefusau'n dynn ac yn las, ei bochau'n goch a'i llygaid yn fflamio fel tân. Camodd allan o'r fan yn ei welis melyn ac edrych yn flin o gwmpas y fferm.

"Ble mae dy rieni di?" gofynnodd yn siarp.

"Yn godro, mae'n siŵr," sibrydodd Beca'n ofnus. Roedd hi wedi bod yn llefain ac roedd golwg druenus arni. Martsiodd Mrs Hwmffra fel milwr draw at y llaethdy ac i mewn â hi. Daeth Beca o hyd i Siani fach, yn hamddena yn yr haul a'i bola'n llawn danteithion. Gafaelodd yn ei phenwast a'i harwain at y stabl.

"O Siani, pam oedd yn rhaid iti fod mor ddrwg? Mae Mrs Hwmffra'n flin iawn ac mae'n mynd i ddweud wrth Mam a Dad. Fe fyddan nhw'n flin gyda'r ddwy ohonon ni hefyd," sibrydodd Beca yng nghlust y gaseg gan osod ei braich o amgylch ei gwddf. Gostyngodd Siani ei phen yn addfwyn a dechreuodd y dagrau lifo i lawr bochau Beca gan adael eu hôl ar gôt drwchus, ddu y gaseg.

O'r diwedd clywodd Beca fan Mrs Hwmffra'n gadael y clos.

"Beca . . . Beca, ble'r wyt ti?" bloeddiodd ei mam o'r llaethdy.

"Dwi yma yn y stabl," atebodd Beca'n betrus.

Doedd Mam ddim yn edrych yn hapus iawn. "Beth ar y ddaear wyt ti wedi bod yn ei wneud, Beca fach?" gofynnodd.

Doedd Beca ddim yn gwybod sut i ateb a syllodd ar y llawr.

"Wel?" gofynnodd am yr eildro.

Ceisiodd Beca esbonio beth oedd wedi digwydd, ond doedd gan ei mam fawr o amynedd.

"Rho'r gaseg 'nôl yn y cae a cer i dy stafell wely nes y byddwn wedi gorffen godro. Mae Mrs Hwmffra'n grac ofnadwy, ac fe allet ti a'r gaseg 'na fod wedi gwneud niwed mawr!"

Dychwelodd Mrs Lewis i'r llaethdy, ac

aeth Beca â Siani i'r cae. Yna cerddodd y ferch drist yn araf ar draws y clos i'r tŷ. Aeth yn syth i'w stafell gan daflu'i hun ar y gwely a llefain y glaw.

Clywodd yr hen gloc yn taro chwech o'r gloch. Fel arfer byddai ei mam a'i thad wedi gorffen godro erbyn hynny ac fe fyddai'n amser swper, ond heddiw doedd dim siw na miw i'w glywed o'r gegin. Eisteddai Beca'n dawel ar erchwyn ei gwely. Meddyliodd am yr holl bethau oedd wedi mynd o chwith. Teimlai'n drist, ond roedd hi'n benderfynol na fyddai'n dechrau llefain eto. Roedd hi'n naw oed nawr a doedd hi ddim am lefain o flaen ei rhieni, ac yn sicr ddim o flaen ei brawd.

Doedd Rhys ddim wedi tynnu ei lygaid oddi ar sgrin y cyfrifiadur ers iddo ddod adre o'r ysgol, ond gwyddai fod rhywbeth o'i le oherwydd fel arfer fe fyddai Beca'n ei boeni i gael chwarae gêmau ar y peiriant. Aeth i chwilio amdani. Ond roedd Beca wedi cloi drws ei stafell wely.

"Gad lonydd i fi, Rhys!" bloeddiodd.

"Beth sy'n bod?" holodd yntau.

"Jest cer a gad lonydd i fi," atebodd Beca'n swrth.

"Bydda fel 'na 'te," meddai Rhys yn swta a throdd ar ei sawdl i fynd i lawr y grisiau. Y funud honno daeth ei fam a'i dad i'r tŷ.

"Mae Beca wedi cloi ei hunan yn ei stafell ac mae'n pallu agor y drws," prepiodd Rhys cyn i'r ddau gael cyfle i newid o'u dillad gwaith.

Roedd Mr a Mrs Lewis wedi bod yn

trafod helyntion Siani a Beca. Roedden nhw'n gofidio fod Siani'n rhy anystywallt i Beca ei thrin. Doedden nhw ddim eisiau i Beca gael niwed, ac roedden nhw wedi penderfynu mai gwerthu Siani fyddai'r peth gorau i'w wneud. Aeth Mrs Lewis i fyny'r grisiau ac agorodd Beca'r drws iddi. Doedd dim pwynt cuddio rhagor.

Doedd Beca ddim yn gallu credu beth ddywedodd ei mam . . . Siani'n rhy wyllt, yn rhy gryf, yn rhy anystywallt! A Beca'n anghyfrifol ac yn rhy ifanc i drin ceffyl!

"Na, dwi ddim am i chi ei gwerthu. Hi yw fy ffrind gorau yn y byd i gyd!" sgrechiodd Beca a dechrau taflu llyfrau i'r llawr.

"Beca, paid â bod yn wirion. Fe wnawn ni drafod hyn ymhellach pan fyddi di'n ymddwyn fel merch naw oed," dywedodd ei mam ac aeth i'r gegin i wneud swper gan adael Beca i strancio'n swnllyd.

Doedd fawr o hwyl ar Mr a Mrs Lewis a'u mab amser swper gyda sŵn trychinebus Beca i'w glywed yn y cefndir. Roedd Rhys yn dawel iawn. Fel arfer fe fyddai'n siarad ar draws pawb drwy gydol y pryd bwyd, ond roedd heno'n wahanol. Doedd Beca erioed wedi colli swper nac ychwaith wedi gwneud cymaint o dwrw.

Wrth i Mrs Lewis roi plataid o fwyd ar gyfer Beca i'w gadw'n gynnes yn y ffwrn, canodd y ffôn. Aeth Rhys i'w ateb. "Beca? . . . wel, mae hi yn ei stafell ac mae'n pallu dod i'r gegin am swper," meddai Rhys wrth y person ar ben arall y ffôn.

Edrychodd Mr a Mrs Lewis yn syn ar ei gilydd a rhuthrodd Mrs Lewis i gydio yn y ffôn. Miss Tomos, y wraig a fu bron â gyrru i mewn i Siani, oedd yno. Roedd ceffylau'n chwarae rhan bwysig yn ei bywyd. Roedd hi'n rhoi gwersi marchogaeth ac wedi ennill nifer o bencampwriaethau gyda'i cheffylau. Esboniodd Miss Tomos ei bod yn poeni am y ferlen Shetland ddu ac wedi holi hwn a llall yn ei chylch cyn dod i wybod pwy oedd yn berchen arni.

"O mae'n ddrwg calon 'da ni, Miss

Tomos," ymddiheurodd mam Beca. "Smo'r ferlen fach yn addas i Beca . . . mae hi'n rhy wyllt. Ry'n ni am ei gwerthu . . ."

Ond roedd gan Miss Tomos syniad arall.

"O na, peidiwch â'i gwerthu eto," meddai. "Ddo i draw atoch chi i weld Siani, ac os wela i ei bod hi'n ormod o gaseg i Beca fe chwilia i am gartref newydd iddi. Ond, os gwela i ei bod hi'n siwtio Beca, yna fe allwn i roi gwersi wythnosol i'r ddwy. Beth y'ch chi'n 'i feddwl, Mrs Lewis?"

"Wel ry'ch chi'n garedig iawn, Miss Tomos," atebodd. "Ga i air â'r gŵr ac fe wna i'ch ffonio chi'n ôl."

Gwrandawodd Rhys yn astud ar ei rieni'n trafod dyfodol Siani. Roedd e'n eitha hoff o'r gaseg yn ei ffordd fach ei hunan, ond ers iddi gyrraedd y fferm, roedd Beca a Siani'n cael y sylw i gyd. Roedd yn gas ganddo fod yn y cefndir, ond doedd dim y gallai ei wneud.

Penderfynodd ei rieni dderbyn cynnig Miss Tomos.

Hy, meddyliodd Rhys. Fe fyddai e'n hoffi cael gwersi pêl-droed hefyd, ond doedd byth digon o arian ar gyfer hynny. Doedd hi ddim yn deg . . .

Aeth Mrs Lewis ar unwaith i fyny'r grisiau at ei merch. Sychodd Beca'i llygaid a gwenodd o glust i glust wrth glywed newyddion am Miss Tomos. Wedi bwyta'i swper rhedodd i'r cae i anwesu Siani.

Edrychodd Rhys ar y ddwy drwy gil y drws. Roedd ei genfigen yn ei fwyta'n fyw. Doedd Beca ddim eisiau chwarae gydag e mwyach. Y gaseg oedd ei bywyd. Caeodd y drws ac aeth yn isel ei ysbryd i'w stafell wely. Gorweddodd ar ei wely gan deimlo'n ddiflas a digalon.

Gan fod Miss Tomos yn dod i weld Siani yfory, fe fyddai angen iddi edrych ar ei gorau. Felly brwsiodd Beca ei chôt yn lân nes ei bod hi'n sgleinio. Fe gafodd Siani aros yn y stabl y noson honno gan ei bod hi'n dywydd garw. Fe fyddai'n haws i Miss Tomos ei gweld yn y stabl, ta beth.

Edrychodd Rhys i lawr at y stabl o ffenest ei ystafell wely. Roedd gwên ar ei wyneb; nid gwên o lawenydd oedd hi, ond gwên fileinig. Roedd e am wneud rhywbeth i gael gwared ar y gaseg unwaith ac am byth.

Pennod 8

Be bep, be bep! canodd corn car Miss Tomos yn y bore bach. Roedd hi wastad yn gynnar i bob cyfarfod, byth yn hwyr, yn enwedig pan fyddai'r cyfarfod yn ymwneud â cheffylau. Edrychodd Siani allan dros ddrws y stabl. Roedd hi'n braf yn y stabl ac roedd hi wedi cysgu'n drwm drwy'r nos ar y gwely o wellt trwchus. Er hynny, roedd hi erbyn hyn yn ysu am gael mynd yn ôl i'w chae i fwyta'r borfa ffres a chael bod gyda'i ffrindiau. Roedd ganddi ddigon o wair, ond doedd dim yn well na phorfa ffres y bore, a honno wedi'i gorchuddio â gwlith trwchus.

"Hylô, gaseg fach," meddai Miss Tomos

wrth iddi gamu at y stabl. Gweryrodd Siani'n uchel. Roedd hi'n dwlu cael sylw.

Roedd Beca eisoes wedi gwisgo ac yn barod i ddangos i Miss Tomos nad oedd Siani'n gaseg ddrwg o gwbl ac y medrai ei thrin yn iawn. Aeth Mrs Lewis allan o'r gegin i gyfarch Miss Tomos a oedd erbyn hyn yn y stabl gyda Siani yn ei hanwesu.

"Jiw, mae hi'n gaseg dawel iawn," sylwodd Miss Tomos. "Mae digon o gorff 'da hi hefyd ac mae hi mewn cyflwr arbennig," ychwanegodd.

Syllai Rhys yn graff ar y digwyddiadau y tu allan i ffenest y gegin. Doedd e ddim yn hapus o gwbl.

Gofynnodd Miss Tomos i Beca arwain y gaseg o amgylch y clos. A dyma Siani'n ymddwyn yn berffaith.

Yna aeth Beca ati i redeg gyda'r gaseg. Unwaith yn rhagor, roedd Siani'n gaseg ufudd iawn. Clymodd Beca'r ferlen wrth fachyn ar wal y stabl a brwsio'i chynffon a'i mwng yn lân. Roedd Siani wrth ei bodd yn cael yr holl faldod!

"Nawr 'te, Beca," meddai Miss Tomos, "wyt ti am ferlota heddi?"

"O odw, odw!" atebodd Beca'n frwd gan edrych draw i weld a fyddai ei mam yn cytuno. Gwenodd Mrs Lewis. "Af i i moyn cyfrwy a ffrwyn i ti nawr."

Rhedodd Beca i wisgo'i het, ei menig a'i hesgidiau marchogaeth.

Gosododd Mrs Lewis y cyfrwy ar gefn Siani a'r ffrwyn am ei phen. Gyda help ei

mam, aeth Beca ar gefn y gaseg a cherddodd y ddwy o amgylch y clos. Roedden nhw'n edrych yn gartrefol ac yn hapus iawn. Holodd Miss Tomos ble roedd cae Siani a pha geffylau oedd yn rhannu'r cae gyda hi. Fe ddangosodd Mrs Lewis y cae iddi.

Roedd Rhys erbyn hyn bron â mynd o'i go wrth weld Beca'n cael yr holl sylw a phob dim yn mynd mor dda. Roedd yn rhaid iddo wneud rhywbeth i newid pethau. Ond beth? Cafodd syniad. Aeth allan o'r tŷ a draw i'r beudy i nôl ei bêl-droed. Sylwodd nad oedd ei fam a Miss Tomos yn edrych i gyfeiriad Siani, ac nid oedd Beca'n gallu ei weld chwaith. Gwelodd ei gyfle. Yn sydyn, taflodd Rhys y bêl o'r beudy a tharo Siani'n galed ar ei phen-ôl!

Yn ffodus i Rhys, rholiodd y bêl o'r golwg y tu ôl i bentwr o hen deiers. Cafodd y ferlen andros o fraw, a chyda naid enfawr i'r awyr carlamodd Siani allan o'r clos, heibio i Miss Tomos a Mrs Lewis oedd yn sgwrsio, gyda Beca'n ymdrechu'n galed i aros ar ei chefn. Ond doedd gan Beca mo'r cydbwysedd na chwaith ddigon o brofiad o farchogaeth, ac er iddi gydio yn y mwng â'i dwy law, syrthiodd yn bendramwnwgl i'r llawr caled.

Rhedodd Mrs Lewis a Miss Tomos draw at Beca. Roedd ei thrwyn yn gwaedu ac roedd hi wedi cael braw ofnadwy. Ond ar wahân i hynny, roedd hi'n iawn a chododd yn sigledig i'w thraed. Roedd llewys ei chôt wedi eu rhwygo a'i throwsus yn fwd i gyd ond, diolch i'r drefn, roedd yr het wedi diogelu ei phen. Pan edrychodd Beca o'i chwmpas, roedd Siani wedi diflannu!

Pennod 9

"Siani, Siani . . ." gwaeddodd Beca gan sychu'r dagrau oddi ar ei bochau coch.

"Chi'n gweld, fe ddywedais i bod y gaseg yn wyllt," dywedodd Mrs Lewis wrth Miss Tomos.

"Mae'n rhaid fod 'na rywbeth wedi rhoi braw iddi hi," meddai Miss Tomos yn bwyllog. Ond doedd neb wedi gweld beth oedd wedi dychryn Siani. Dim ond Rhys oedd yn gwybod beth oedd wedi achosi i'r gaseg gynhyrfu a dianc. Dechreuodd deimlo'n euog. Roedd y cyfan wedi digwydd mor gyflym.

"Na, nid Siani sydd ar fai!" cytunodd Beca. "Roedd rhywbeth wedi codi ofn arni."

Edrychodd yn wyllt o amgylch y fferm yn y gobaith y byddai'n gweld rhyw gliw. Tybed oedd a wnelo Rhys rywbeth â hyn? Roedd e wedi bod yn ymddwyn yn rhyfedd iawn yn ddiweddar.

"Sdim amser i feddwl am hynny nawr," meddai Miss Tomos yn gadarn. "Rhaid i ni fynd ar ôl y gaseg rhag ofn iddi gael niwed neu achosi niwed i rywun arall. Does dim dal beth wnaiff ceffyl pan mae e wedi'i ddychryn."

Aeth Mrs Lewis i nôl ei gŵr. Doedd dim golwg o Rhys yn unman. Aeth Beca a'i mam a Miss Tomos yn y fan i chwilio am Siani fach, ond bu'n rhaid i Mr Lewis aros ar y fferm i warchod yr anifeiliaid – ac i chwilio am Rhys.

Syllodd Rhys rownd cornel y beudy yn slei bach; gwelodd y fan yn gadael y clos a'i dad yn cerdded i'r cyfeiriad arall. Siani a Beca oedd yn cael yr holl sylw unwaith yn rhagor, ond go brin y bydden nhw'n dod i wybod mai ef oedd wedi taflu'r bêl at Siani. Dechreuodd boeni. Beth pe bai

Siani'n achosi damwain? Wedi'r cyfan, ei fai ef oedd hyn oll. Penderfynodd guddio'i bêl o dan y gwair yn y sièd, ac aeth i'r tŷ.

Doedd dim sôn am Siani yn unlle. Doedd hi ddim yn bwyta'r borfa ar ochr y heolydd, nac wedi ymweld ag Aneurin yr asyn ar y fferm gerllaw. Doedd hi ddim yng ngardd Mrs Hwmffra chwaith, diolch i'r drefn. Ble gallai hi fod?

Chwiliodd pawb am y gaseg drwy'r dydd, yn holi hwn a llall, yn gymdogion ac yn ymwelwyr. Fe edrychon nhw ym mhob cae ble roedd y clwydi ar agor, ond doedd dim arwydd ohoni yn unman. Roedd Siani ar goll. Wedi treulio pedair awr yn chwilio amdani, roedd hi bellach yn amser godro, ac roedd yn rhaid i Beca a'i mam ddychwelyd i'r fferm.

Roedd Beca'n ddigalon iawn. Ble gallai'r gaseg fod? Beth os oedd rhywun wedi ei dwyn, wedi ei chipio? Gallai rhywun creulon ei gwerthu am gig i'r cyfandir!

"Plîs allwn ni ddal ati i chwilio? Mae'n rhaid i ni. Plîs," meddai Beca gan erfyn ar ei mam i ailystyried. Ond roedd yn rhaid godro'r gwartheg, a hynny heb os nac oni bai.

"Paid ti â phoeni, Beca," cysurodd Miss Tomos hi. "Cerwch chi adre. Fe wna i ddal ati i chwilio am Siani. Fe fydda i'n siŵr o ddod o hyd iddi."

Chafodd neb fawr o gwsg ar fferm Parc yr Ebol y noson honno. Roedd Beca yn ei hystafell yn poeni am Siani, ei mam a'i thad yn gwneud galwadau ffôn di-ri i'r ffermydd cyfagos, ac roedd Rhys yn teimlo'n euog iawn wrth feddwl am yr holl helynt yr oedd wedi'i achosi, a'r cyfan oherwydd ei genfigen dwl.

Pennod 10

Dihunodd Beca gyda'r wawr gan obeithio y byddai Siani wedi dychwelyd i'w stabl dros nos, ond doedd dim sôn amdani. Yn rhyfedd iawn, roedd Cari'r ast ar goll hefyd. Doedd hi ddim wedi bwyta ei swper y noson cynt nac wedi cyfarth yn y bore wrth i'r lorri laeth gyrraedd y fferm fel y gwnâi bob tro, gan ddihuno'r teulu cyfan.

Teimlai Beca'n ddiflas iawn drwy'r dydd; doedd arni ddim chwant bwyd amser cinio nac awydd gwneud dim byd o gwbl.

"Dwi'n siŵr y down ni o hyd i Cari a Siani yn ystod y dydd," meddai Mrs Lewis gan geisio'i chysuro. Ond roedd Mrs Lewis ei hun yn dechrau amau na fyddai'r

Shetland fach byth yn dod yn ôl i fferm Parc yr Ebol.

"Na ddaw," meddai Beca yn ei dagrau. "Mae rhywun wedi mynd â hi."

"Nac oes siŵr," atebodd Mrs Lewis. Ond yn dawel bach, roedd Mrs Lewis yn gofidio am ddiogelwch y gaseg a'r ast. Fyddai Cari, er mai ci defaid oedd hi, byth yn gadael y fferm nac yn colli ei brecwast chwaith. Roedd hyn yn rhyfedd iawn.

Ar ôl cinio, aeth Mr Lewis allan ar y clos i drin traed y defaid. Roedd hi'n swnllyd iawn yno gyda'r defaid yn brefu, a phrin y gellid clywed car Miss Tomos yn cyrraedd.

"Prynhawn da, Mr Lewis. Mae 'da fi newyddion i chi am Siani," bloeddiodd o'r car, a'i llais yn llawn cyffro.

"Newyddion da, gobeithio," dywedodd Mr Lewis yn ofidus.

"Ie, ond mae'n well i chi ddod gyda fi. Gadewch Beca yma am y tro. Dwi wedi dod o hyd i Siani, ac mae Cari gyda hi hefyd," meddai Miss Tomos.

Neidiodd Mr Lewis i mewn i'r car a bant â nhw. Ffoniodd ei wraig ar ei ffôn symudol i ddweud beth oedd yn digwydd. Roedd Miss Tomos wedi bod yn chwilio am y gaseg drwy'r nos, a doedd hi ddim wedi bod yn y gwely o gwbl. Roedd yn rhaid iddi ddod o hyd i'r gaseg fach ofnus.

"Ydw i'n iawn i feddwl ein bod ni'n mynd i gyfeiriad y traeth?" holodd Mr Lewis.

"Ydych. Yn fanno mae Siani a Cari,"

71

atebodd Miss Tomos. "Mae Siani wedi cael niwed bach i'w thrwyn ar ryw weiren bigog, ond fe fydd hi'n berffaith iawn. Does dim angen milfeddyg arni."

Ym mhen draw'r traeth, ger y creigiau, gallai Mr Lewis weld dau smotyn du yn y pellter. Wrth agosáu, gallai weld mai Siani a Cari oedd yno. Roedd y ddwy'n wlyb domen ac yn edrych yn ddiflas iawn.

Gosododd Mr Lewis ffrwyn ar y gaseg. Gwyddai o'i golwg hi na fyddai'n carlamu o'i afael. Roedd hi'n dawel, yn crynu ac yn amlwg wedi chwysu tipyn ar ôl cael braw. Roedd Cari'n eistedd wrth ei hymyl, ond cododd i redeg draw at Mr Lewis a'i chynffon yn chwifio'n gyffrous.

"Cari fach, sut ar y ddaear ddest ti draw yma, dwed?" gofynnodd gan anwesu'i phen. "Mae'n rhaid dy fod wedi gweld Siani o'r fferm." Byddai Cari bob amser yn cuddio yn y cloddiau ger y traeth yn gwylio'r gwylanod yn hedfan fry, ac ambell i dro fe fyddai'n rhedeg ar eu hôl a chyfarth.

"Sŵn cyfarth Cari wnaeth fy arwain i at Siani, Mr Lewis. Mae hi'n ast glyfar iawn," meddai Miss Tomos.

"Mae'n debyg mai arwain Siani adre fyddai'r peth callaf i'w wneud, yn hytrach na'i rhoi hi mewn lorri, ontefe?" holodd Mr Lewis.

"Ie," cytunodd Miss Tomos, "ond mae 'da chi sbel fach i gerdded. Alla i fynd â Cari ac fe ro i'r newyddion da i Mrs Lewis a Beca."

Hanner awr yn ddiweddarach, fe gerddodd Mr Lewis a Siani i mewn i glos fferm Parc yr Ebol.

"O Siani, Siani!" bloeddiodd Beca gan redeg at ei thad a'r gaseg.

"Gofalus nawr, Beca, gwylia drwyn Siani druan," meddai'i thad.

Treuliodd Siani'r noson honno yn y stabl yn gorffwys ar y gwellt. Cafodd fwyd ychwanegol ac roedd hi'n hapus ei byd ei bod hi'n ôl yn ddiogel ar y fferm. Cafodd Cari fwyd ychwanegol hefyd, cymaint ohono fel nad oedd awydd arni i fentro o'i chwt.

Dros swper y noson honno, dywedodd Beca wrth bawb pa mor hapus oedd hi fod Siani'n ôl adre'n ddiogel, a'i bod yn edrych ymlaen at gael ei marchogaeth eto.

"Chei di ddim marchogaeth y gaseg 'na eto," meddai'i thad yn bendant. "Mae hi'n rhy wyllt o lawer i ti."

"O, Dad, plîs peidiwch â dechrau hyn eto. Plîs," ymbiliodd Beca gan edrych ar ei mam, gan obeithio y byddai hi'n anghytuno â'i gŵr. Dechreuodd y tri ddadlau'n ffyrnig nes i Rhys dorri ar eu traws.

"Fy mai i oedd y cyfan . . ." dywedodd Rhys yn dawel.

Stopiodd y dadlau'n syth a gallech fod wedi clywed pìn yn disgyn yn y stafell.

"Beth?" gofynnodd Mrs Lewis.

"Fy mai i oedd y cyfan. Fe daflais i bêl at Siani er mwyn ei dychryn."

"O! Rwyt ti'n fachgen cas, Rhys Lewis!" hisiodd Beca.

"Hisht, Beca! Pam wnest ti'r ffasiwn beth, Rhys bach?" holodd Mrs Lewis.

"Am fod Beca'n cael y sylw i gyd. Chi'n anghofio amdana i," esboniodd yn drist.

"Dyw hynny ddim yn wir, Rhys. Rwyt ti a Beca yr un mor bwysig i dy dad a finnau. Mae beth wnest ti yn gwbl hurt. Gallai Siani a Beca fod wedi cael anaf difrifol iawn!" ychwanegodd Mr Lewis.

"Mae'n wir, *wir* ddrwg gen i," dywedodd Rhys a dagrau yn ei lygaid.

"Ydy hyn yn golygu y galla i gadw Siani 'te?" gofynnodd Beca yn wên o glust i glust.

Pennod 11

Roedd pawb ar fferm Parc yr Ebol, gan gynnwys Siani fach, wedi bod yn brysur iawn dros yr haf. Bu Mr a Mrs Lewis yn lladd gwair, ac er syndod i bawb, roedd Rhys yn mwynhau helpu hefyd. Roedd Siani a Beca wedi cael gwersi wythnosol gan Miss Tomos ac roedden nhw hyd yn oed wedi dechrau neidio. Gan nad oedd rhieni Beca'n gallu fforddio talu am wersi, roedden nhw wedi taro bargen â Miss Tomos: roedd hi'n cael gwellt i'w cheffylau yn dâl am y gwersi ac roedd y trefniant yn gwneud pawb yn hapus. Beca oedd yn rheoli'r gaseg erbyn hyn, ac roedd Siani'n gwrando'n astud arni ac yn mwynhau plesio'i pherchennog.

Y nos Wener arbennig honno, gan fod y teulu cyfan wedi bod yn gweithio mor galed yn yr haul, roedd pawb yn y gwely cyn i'r hen gloc tad-cu daro naw.

Fel arfer byddai Rhys a Beca'n cael gwylio'r teledu hyd ddeg o'r gloch, ond doedd dim egni gan neb i wylio'r sgrin y noson honno. Roedd hyd yn oed y ceffylau'n pendwmpian yn y cae, ac roedd Cari'r ast ddefaid ym myd ei breuddwydion o flaen y popty Aga yn y gegin.

Yn ddiarwybod i'r teulu, roedd rhywbeth yn digwydd ym mhen draw lôn y fferm. Yno roedd tri gŵr dieithr yn teithio i gyfeiriad y fferm mewn fan. Roedden nhw wedi agor y glwyd ac yn gyrru'n araf bach, heb olau, i lawr y lôn. Camodd y tri dyn allan o'r cerbyd a cherdded yn llechwraidd o amgylch y fferm. Roedden nhw'n sibrwd ymysg ei gilydd ac roedd hi'n amhosib eu gweld pan nad oeddent yn sefyll yng ngolau'r lleuad gan eu bod yn gwisgo dillad tywyll. Aeth un gŵr i gefn y cerbyd ac estyn pastwn enfawr allan ohono. Aeth draw at ddrws ffrynt y tŷ fferm, ac er syndod iddo, doedd y drws ddim wedi'i gloi. Roedd Mrs Lewis, yn ei blinder, wedi anghofio gwneud hynny. Agorwyd y drws yn dawel iawn, a sleifiodd y tri gŵr i'r tŷ. Roedd pobman yn dywyll, ac roedd Cari'n cysgu mor drwm, fel na wnaeth hi mo'u clywed yn dod i mewn.

Ond roedd rhywun wedi sylwi arnynt – Siani. Roedd Siani wedi dihuno'n syth pan

gyrhaeddodd y fan. Roedd hi wedi sylwi ar y tri gŵr yn busnesa o amgylch y stablau a'r beudy. A nawr roedd hi'n cadw llygad craff ar y dynion amheus.

Yn sydyn, gwelodd hi'r dynion yn dod allan o'r tŷ yn cario rhywbeth hir a thrwm. Roedden nhw'n dwyn yr hen gloc gwerthfawr – y cloc tad-cu! Wrth iddyn nhw ei gario fe darodd unwaith – am chwarter i ddeuddeg. Gweryrodd Siani'n uchel drosodd a throsodd, er mwyn ceisio dihuno'r teulu! Ciciodd y glwyd a cheisio datod rhaff y glwyd â'i dannedd er mwyn atal y dynion rhag dwyn hoff gloc y teulu.

"Rho stop ar sŵn y ceffyl 'na!" hisiodd bòs y dynion wrth un arall o'r criw. "Mae'n siŵr o ddihuno pawb."

"Ond sut wna i hynny?" atebodd hwnnw.

"Fel hyn, y twpsyn," atebodd y bòs gan daflu carreg at Siani.

Gwibiodd y garreg o drwch blewyn heibio i'w chlust. Synhwyrodd Siani fod y dynion hyn yn beryg bywyd. Gweryrodd eto ac eto, yn uwch ac yn uwch. Roedd rhaid dihuno pawb yn syth!

Ac fe weithiodd! "Jiw, mae'r Shetland fach yn aflonydd heno," meddai Mr Lewis wrth ei wraig yn y gwely gan godi ac edrych allan o'r ffenest.

"Nefi wen," llefodd. "Lladron! Mae 'da ni ladron! Ffonia'r heddlu, Anna!"

Cydiodd Mrs Lewis yn y ffôn ger y gwely, ei hwyneb yn welw a'i llais yn crynu.

Syllodd Mr Lewis ar y tri gŵr yn ceisio rhoi'r cloc mawr yng nghefn y cerbyd. Roedd e'n ofalus iawn wrth syllu o'r stafell wely, rhag ofn y byddai'r lladron yn ei weld ac yn dod i mewn i'r tŷ i ymosod arno ef a'i deulu.

O fewn rhai munudau clywsant seiren y car heddlu'n dod o bell, ac yna gwelsant y golau glas yn fflachio wrth iddyn nhw nesáu. Roedd hi'n anodd i'r dihirod gael y cloc i ffitio i mewn i'r fan, yn enwedig gan eu bod yn anghytuno â'i gilydd. Roedd un yn gwthio a'r llall yn tynnu'r cloc, a'r trydydd yn rhegi'r ddau arall. Yng nghanol yr holl randibŵ, clywodd un o'r dynion yr heddlu'n dod, a rhedeg i gychwyn injan y fan.

"Dewch, dewch glou, mae'r heddlu ar y ffordd!" bloeddiodd. Dim ond bryd hynny y dihunodd Cari o'i thrymgwsg a dechrau cyfarth. Roedd Siani wedi llwyddo i gnoi'r rhaff yn ddarnau mân ac agor clwyd y cae. Aeth i sefyll yn sgwâr o flaen giât y fferm, ei ffroenau'n llydan agored, ei llygaid yn fflachio yng ngolau'r lloer a'i choesau bach blewog, cryf yn palu'r ddaear. Roedd hi am rwystro'r lladron rhag dianc.

"Siani, cer o'r ffordd!" bloeddiodd Mr Lewis. "Fe wnân nhw dy ladd di!"

Rhuodd y cerbyd yn gyflym at y giât agored – yn syth at Siani! Roedd Siani'n benderfynol na fyddai'n symud cam. Doedd hi ddim eisiau i'r lladron yma ddianc. Safodd yn gadarn. Ond doedd y Shetland fach ddu ddim yn mynd i atal y lladron rhag dianc. Aeth y fan yn syth i mewn iddi a'i bwrw o'r ffordd. Syrthiodd

Siani'n bendramwnwgl i'r llawr a gorwedd ar ei hochr yn ddiymadferth. Roedd pob asgwrn yn ei chorff yn brifo, a llifodd gwaed o'i phen i mewn i'r pridd caled.

Pennod 12

Ar ben y ffordd, roedd yr heddlu wedi parcio'u car ar draws y lôn ac wedi rhwystro'r lladron rhag dianc.

"A beth y'ch chi'n ei wneud allan yr amser hyn o'r nos, bois?" gofynnodd un plismon.

"O, wedi colli'n ffordd, syr," atebodd y gyrrwr gan chwibanu'n ddistaw drwy'i ddannedd.

"Bydd ddim gwahaniaeth 'da chi os edrycha i i weld beth sydd yng nghefn y cerbyd 'te?" gofynnodd y plismon gan gerdded tuag at gefn y fan. Safodd y plismyn eraill yn gadarn wrth ymyl drws y cerbyd er mwyn rhwystro'r lladron rhag dianc ar droed. Roedd Cari'r ast ddefaid yno hefyd yn chwyrnu'n fygythiol.

Roedd y lladron yn dal at eu stori wreiddiol ac yn gwadu nad oedden nhw wedi bod ar gyfyl fferm Parc yr Ebol erioed. Erbyn hyn, roedd Mr a Mrs Lewis yn rhedeg allan o'r tŷ i gyfeiriad y lladron a'r heddlu.

"Maen nhw wedi mynd â'r . . ."

A chyn i Mrs Lewis orffen ei brawddeg, tarodd yr hen gloc ddeuddeg o'r gloch yng nghefn y cerbyd. Atseiniodd y synau dros y lle. Doedd dim un amheuaeth nawr nad y nhw oedd y lladron.

"Faint o'r gloch yw hi, Sarj?" gofynnodd un o'r plismyn â gwên ar ei wyneb.

"Amser i'r bois hyn ddweud y gwir, Huw!" chwarddodd y sarjant.

Roedd Rhys a Beca wedi dihuno erbyn hyn ond wydden nhw ddim bod Siani druan yn gorwedd ar lawr wedi'i hanafu oherwydd iddi geisio rhwystro'r lladron. Aeth Mrs

Lewis i alw'r milfeddyg yn syth wedi gweld cyflwr gwael y ferlen a gwaeddodd i fyny'r grisiau. "Beca . . . Rhys . . . dewch yma ar unwaith!"

Rhedodd y ddau yn eu pyjamas i lawr y grisiau, heibio i ble arferai'r cloc sefyll, ac at y ddrws ffrynt.

"Beth sy'n digwydd?" gofynnodd Rhys.

"Mae car heddlu yn fanna. Dere glou i ni gael gweld, Rhys," meddai Beca'n fusnes i gyd.

"Na," mynnodd eu mam. "Gadewch i mi roi'r holl hanes i chi cyn i ni fynd mas."

Yr eiliad y gorffennodd Mrs Lewis ei stori, rhuthrodd Beca at Siani. Dechreuodd feichio crio pan welodd y gaseg yn gorwedd mewn pwll o waed yn ymyl y clawdd, yn anadlu'n drafferthus a'i llygaid yn wyllt gan boen. Roedd bywyd Siani yn y fantol!

Daeth y milfeddyg a'i wynt yn ei ddwrn. Roedd yn ffodus ei fod e'n gweithio'n hwyr yn trin gwartheg ar fferm gyfagos pan gafodd y neges. Roedd e wedi rhuthro

draw i Barc yr Ebol ar ei union. Gorweddai
Siani'n llonydd iawn. Roedd ei chorff yn
brifo, ac roedd hi mewn cyflwr o sioc.

Archwiliodd y milfeddyg ei chorff yn
fanwl. "Mae ganddi anaf dwfn ar ei
thalcen," meddai, "ond bydd yn gwella
gydag amser. Mae ei choesau'n berffaith,
ond mae'n rhaid ei chadw yn y stabl am o
leiaf wythnos er mwyn cadw llygad

gofalus arni. Fe alwa i i'w gweld bob dydd nes y bydd hi'n gwella. Fe ro i bigiad bach iddi nawr i'w helpu hi i gysgu ac i wella."

Gyda help Mr Lewis a'r milfeddyg, cododd Siani yn araf bach i'w thraed. Roedd hi wedi cael tipyn o ergyd ac edrychai'n gysglyd iawn. Arweiniodd Mr Lewis y gaseg i'r stabl ac aeth i orwedd yn dawel bach ar y gwellt glân. Penliniodd Beca wrth ei hymyl gan anwesu'i gwddf yn dyner. Sibrydodd yn dawel yn ei chlust, "Fe fyddi di'n iawn, Siani fach. Dere di."

Ond ni chymerodd Siani fawr o sylw.

"Dwi'n siŵr y bydd hi'n iawn ar ôl iddi ddod dros y sioc. Rhowch ddigon o wair ffres a dŵr glân iddi. Ewch â hi am dro yn yr awyr iach am ryw bum munud bob dydd. Ffoniwch os oes problem. Wela i chi fory," meddai Jeremi'r milfeddyg yn garedig.

Pennod 13

Drannoeth, roedd fferm Parc yr Ebol yn llawn cyffro. Roedd y clos fel ffair gyda gohebwyr a dynion camerâu ym mhob man. Roedden nhw'n awyddus i gael llun o'r hen gloc tad-cu ond, yn bwysicaf oll, roedd yn rhaid iddyn nhw gael llun o'r arwres – Siani'r Shetland.

Roedd yr holl sŵn a stŵr yn ddigon i ddihuno Beca a Rhys. Rhuthrodd Beca allan i'r stabl at Siani er mwyn gweld a oedd hi'n well. Nid oedd Siani'n edrych dros ddrws y stabl fel yr arferai ei wneud. Yn hytrach, roedd hi'n gorwedd ar y gwellt yn yr un man yn union ag roedd Beca wedi ei gadael neithiwr. Edrychai'n effro iawn, ond doedd dim awydd ganddi i godi ar ei thraed. Aeth Beca â'r bwced dŵr ati a chymerodd Siani lymaid ohono. Bwytaodd foronen hefyd, a gobeithiai Beca fod hyn yn arwydd fod y gaseg yn gwella.

"Beca, ife?" gofynnodd gohebydd y papur newydd lleol. "Ti sy berchen y gaseg fach ddu, ontefe? Ydy Siani'n iawn 'te?"

"Wel, mae'n anodd dweud. Ond mae hi'n bwyta, ta beth," atebodd Beca.

"Beth sy mor arbennig am y gaseg hon, 'te?" holodd gohebydd arall.

"Siani yw'r gaseg orau yn y byd i gyd. Hi yw fy ffrind gorau," atebodd Beca gan osod ei braich o amgylch gwddf y gaseg. "Ac mae hi'n ddewr iawn! Siani ddaliodd y lladron."

Roedd Mr Lewis wedi gorffen y godro am y bore, ac aeth draw at y gohebwyr oedd wedi ymgasglu fel gwenyn o amgylch pot jam o gwmpas y stabl.

"Tase Siani heb weryru fel y gwnaeth, fydden ni ddim wedi dihuno ac fe fyddai'r lladron wedi llwyddo i ddianc gyda'r hen gloc tad-cu," esboniodd Mr Lewis wrth y gohebydd lleol. "Mae hi'n gaseg arbennig, ac yma fydd ei chartref am byth, gyda ni ar fferm Parc yr Ebol."

Ymddangosodd llun o Siani mewn sawl papur newydd, a bu hanes yr helynt ar bob gorsaf radio lleol a chenedlaethol. Roedd hi'n gaseg enwog erbyn hyn, ac roedd hi hyd yn oed wedi ymddangos ar raglen

newyddion ar y teledu. Siani oedd caseg enwocaf Cymru!

Rai wythnosau'n ddiweddarach, bu'n rhaid i'r lladron fynd o flaen eu gwell yn y llys. Roedd y tri wedi edifarhau ac wedi cyfaddef mai nhw oedd yn gyfrifol am y lladrad. Aeth Mr Lewis i'r llys i roi tystiolaeth, a chafwyd y tri lleidr yn euog am geisio dwyn y cloc gwerthfawr ac am fod yn greulon wrth anifail.

Pennod 14

Roedd wyneb Jeremi'r milfeddyg yn un cyfarwydd iawn ar fferm Parc yr Ebol am sawl diwrnod ar ôl y ddamwain. Roedd angen rhoi moddion arbennig ym mwyd Siani bob dydd, a newid y rhwymyn ar ei chlwyf fore a nos. Roedd yr anaf yn gwella'n araf bach ac roedd Beca'n croesi'i bysedd y byddai'r gaseg yn teimlo'n well cyn hir. Roedd sawl sioe amaethyddol yn cael eu cynnal yn y dyfodol agos, ac roedd Beca am fynd â Siani i gystadlu yn y dosbarthiadau addas. Ond iechyd Siani oedd bwysicaf oll.

Wythnos a hanner wedi'r lladrad, aeth Beca allan i'r stabl fel arfer cyn mynd i'r ysgol. Roedd ei ffrindiau eisoes wedi bod yn gweld Siani ac wedi'i maldodi i'r sêr. Roedden nhw wedi anfon cardiau gwellhad buan iddi hefyd ac roedd Beca wedi'u gosod ar dalcen drws y stabl. Er mawr syndod i bawb, ddaeth Mrs Hwmffra â llond bwced mawr o foron ac afalau i'r claf bach, a byddai Miss Tomos yn galw deirgwaith y dydd i weld Siani ac i'w chysuro. Y bore hwnnw, roedd Siani ar ei thraed ac yn edrych allan dros ddrws y stabl yn disgwyl am Beca. Roedd fel petai gwên ar ei hwyneb.

"O Siani, Siani . . . rwyt ti ar dy draed!" galwodd Beca. Roedd hyn yn newyddion arbennig o dda, a rhedodd i'r gegin i ddweud wrth ei mam.

"O, ffantastig! Mae hynna'n newyddion da iawn. Gad hi yn y stabl am heddiw ac fe af i â hi am dro y pnawn 'ma i weld sut mae hi'n ymdopi," meddai Mrs Lewis.

Roedd Rhys yn dal i fwyta'i frecwast pan glywodd y newyddion am Siani. Er fod pawb wedi maddau iddo am achosi'r helynt pan aeth Siani ar goll, roedd yn dal i deimlo braidd yn euog. Roedd Rhys wedi dod yn hoff iawn ohoni erbyn hyn ac wedi prynu sach o foron iddi gyda'i arian poced. Penderfynodd fynd draw i weld Siani cyn mynd i'r ysgol. Rhoddodd ei fag ysgol ar ei ysgwydd, a gosod pêl-droed o dan ei gesail. Byddai bob amser yn chwarae pêl-droed yn ystod yr egwyl, ac yn dychmygu mai ef oedd y David Beckham Cymreig. O'r eiliad y gwelodd y ferlen Rhys a'i bêl, dechreuodd gynhyrfu. Roedd ganddi gof ardderchog, ac roedd yn poeni rhag ofn y byddai Rhys yn ei tharo â'r bêl eto.

Pan welodd Rhys y braw yn llygaid Siani, sylweddolodd nad oedd mynd â'r bêl i'r stabl yn syniad da o gwbl.

"Mae popeth yn iawn, Siani," meddai'n ofalus. "Dere 'ma. Wna i ddim rhoi dolur i ti."

Dechreuodd Siani gerdded draw ato'n betrus a'i llygaid wedi'u hoelio ar y bêl.

"Ocê, edrych. Dwi'n gosod y bêl ar y llawr," esboniodd Rhys yn ofalus.

Rhuthrodd Siani'n syth at y bêl a sathru

arni â'i holl nerth. Byrstiodd gyda bang enfawr. Ond doedd Siani ddim wedi gorffen eto. Plygodd ei phen, cydio yn y bêl rhacs rhwng ei dannedd a'i thaflu dros ben Rhys allan o'r stabl. Edrychodd Rhys yn syn ar y gaseg fach ddireidus, ac yna dechreuodd chwerthin a chwerthin yn uchel nes roedd ei fola'n brifo.

Nid oedd yn gweld bai o gwbl ar Siani. Gwyddai Rhys pe bai hi'n gallu siarad byddai'n dweud, "Rhys, paid ti â meiddio dod â phêl yn agos ata i byth eto!"

Erbyn hyn roedd Siani ac yntau'n deall ei gilydd i'r dim ac fe ddaethant yn ffrindiau da ar ôl hynny.

Roedd Beca a'r plant eraill ar y bws yn rholio chwerthin pan adroddodd Rhys y stori am Siani a'r bêl.

"Ie wir," chwarddodd Beca, "un ddireidus yw Siani fach. O na, dwi newydd gofio fod y gof yn galw heibio bore 'ma i drin ei thraed. O, gobeithio y bydd hi'n bihafio!" ychwanegodd.

Roedd angen torri carnau Siani'n weddol fyr er mwyn iddi allu cerdded yn esmwyth ac yn gywir. Petai hi'n cystadlu mewn arena, byddai'n rhaid iddi gerdded yn hollol syth. Nid oedd angen pedolau ar Shetland oni bai bod rhywun yn ei ddefnyddio i dynnu trap ar hyd y heolydd.

Daeth Aled y gof yn brydlon am hanner awr wedi deg. Roedd Mrs Lewis eisoes wedi glanhau traed Siani yn arbennig ar gyfer eu trin.

"Helô," meddai Aled yn llawen gan edrych dros ddrws y stabl. "Jiw, dyna beth yw caseg fach bert."

"O, mae hi'n gaseg arbennig. Fe brynon ni Siani yn anrheg ben-blwydd i Beca ryw chwech wythnos yn ôl. Mae hi'n gariad fach," esboniodd Mrs Lewis yn wên o glust i glust.

"Ac o beth dwi wedi'i glywed ar y radio, mae hi'n gaseg enwog hefyd," dywedodd y gof ifanc gan agor drws y stabl a cherdded draw at Siani. Esmwythodd ei mwng, ac roedd Siani'n amlwg yn mwynhau'r sylw. Caeodd ei llygaid mewn pleser tra oedd Aled yn ei chanmol i'r cymylau.

"Fe arhosa i 'da ti, Aled, rhag ofn y byddi angen help 'da Siani," cynigiodd Mrs Lewis.

"Croeso i chi aros, ond fydd y bwten fach hon ddim yn broblem i mi, Mrs Lewis," atebodd yntau.

"Nawr 'te, pa goes wnewn ni gyntaf?"

holodd Aled gan droi ei gefn arni a phlygu ar ei bengliniau.

Ond doedd Siani ddim eisiau cael torri'i charnau. Sylwodd Mrs Lewis ar y ferlen yn agor ei llygaid led y pen a syllu'n ffyrnig ar Aled. Yn sydyn, trodd Siani a brathu pen-ôl y gof!

"Aw-aw, fy mhen-ôl i!" bloeddiodd Aled gan sboncio i'r awyr mewn poen a sioc.

Chwarddodd Mrs Lewis, ond yna tawodd. Beth petai e wedi cael dolur? Beth pe bai'n rhaid i Aled fynd i'r ysbyty?

Ond rhwbio'i ben-ôl a chwerthin wnaeth Aled. "Mae hon yn un fach ddireidus, Mrs Lewis. Mae'n glyfar iawn ac mae ganddi gymeriad arbennig, 'wedwn i!" chwarddodd. Roedd twll yn ei jîns a'i ddillad isaf, ac ôl dannedd y gaseg i'w weld yn glir ar foch ei ben-ôl.

Edrychai Siani'n bles iawn â'i hunan a gweryrodd yn uchel, yn union fel tasai hithau'n chwerthin hefyd. Penderfynodd roi'r gorau i'w dwli a sefyll yn amyneddgar er mwyn i Aled allu gorffen ei waith.

Aeth Mrs Lewis draw i ddal Siani'n dynn wrth i Aled orffen trin ei thair carn arall. 'W, caseg ddireidus wyt ti, Siani. Ond rwyt ti'n werth y byd i gyd," sibrydodd Mrs Lewis yng nghlust Siani. Rhoddodd foronen fawr iddi er mwyn ei chadw'n llonydd.

Pennod 15

Tywynnai haul y prynhawn yn boeth, ac roedd hynny'n berffaith i Beca allu glanhau Siani'n lân o'i phen i'w chynffon yn barod ar gyfer y sioe fawr drannoeth. Doedd Siani ddim yn rhy hoff o'r holl ddŵr oer, na'r siampŵ chwaith. Ond roedd hi'n mwynhau edrych ar y swigod yn disgleirio ac yn dawnsio yn yr haul.

Brwsiodd Beca fwng y gaseg yn drwyadl, yna ei chynffon hir, a chyda help ei mam plethodd y gynffon a'r mwng er mwyn iddynt fod yn gyrliog ben bore yn yr arena. Edrychai Siani'n odidog. A dweud y gwir, doedd hi erioed wedi edrych cystal! Rhoddodd Beca gôt amdani er mwyn ei chadw'n lân ac yn gynnes. Aeth â hi i'r stabl. Brwsiodd ei sodlau a glanhaodd ei llygaid, ei thrwyn a'i phen-ôl. Roedd yn rhaid bod yn fanwl oherwydd fe fyddai'r beirniaid yn edrych ym mhobman.

"Ydy dy grys di'n lân ar gyfer fory, Beca?" holodd ei mam a oedd wrthi'n paratoi bwyd y ceffylau.

"Beth?" gofynnodd Beca heb gymryd fawr o sylw o'i mam.

"Alli di wisgo dy dei ysgol. Fydd neb yn gwybod," galwodd Mrs Lewis o'r ystafell fwyd.

"O, Mam . . ." meddai Beca'n ddigalon gan gerdded at ddrws y stabl. "Bydd pawb arall yn edrych mor grand, a fydda i yno yn fy hen dei ysgol ych-a-fi."

Doedd hi ddim am edrych yn wahanol i bawb arall.

"Mae pawb yn gorfod dechrau'n rhywle, Beca fach," atebodd ei mam. Trueni na allen nhw fforddio dalu am grys newydd, tei, siaced, trowsus ac esgidiau i'w merch. Roedd popeth yn ymwneud â cheffylau mor ddrud ac roedd Beca ar ei thyfiant. Fyddai'r dillad ddim gwerth eu prynu.

Canodd ffôn symudol Mrs Lewis yn uchel dros y clos.

"O Beca, ateb y ffôn wnei di? Dwi wedi ei adael ar sil ffenest y stabl. Fydda i yno mewn eiliad," bloeddiodd Mrs Lewis.

"Mam, Mam, Miss Tomos ṵ meddai Beca, a'i gwynt yn ei dwrn bod yn ateb y ffôn. "Mae hi wedi doa hyd i ddillad marchogaeth ail-law i fi erbyn fory," ychwanegodd gan redeg ar draws y clos yn wên o glust i glust.

"Siani a fi fydd y pâr gorau yn y sioe," meddai Beca gan afael yn dynn yn ei mam. "Ac ry'n ni'n mynd i ennill gwobr hefyd," ychwanegodd dros y lle. Gweryrodd Siani mewn cytundeb, o berfeddion ei stabl. Chwarddodd Beca a'i mam yn llawen.

Tarodd y cloc tad-cu naw o'r gloch.

"Nawr 'te, Beca, gwely amdani. Mae 'da ti ddiwrnod mawr fory."

"Nos da, Siani!" gwaeddodd Beca ar draws y clos. Ond roedd Siani eisoes yn hel breuddwydion . . .